寫給自己的情書

琹涵 著

目次

Part 2 寫給自己的情書

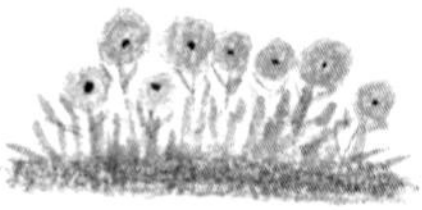

Part 8 寫給一個人的情書

自序

每一回的愛戀

人生路上，每一回的愛戀，無論是人、事或物，都是心靈上的一種綑綁，越是在意，越是綑綁得緊，自由也就跟著失去越多。

最好是適時的放手。只有這樣，才能海闊天空，才有重拾自由的可能。自由，不是非常珍貴嗎？可是，真要做到，談何容易？

於是，我們總是被綑綁。愈是愛戀得深，愈不能自由。開始時或說：「那是我甘願。」好吧，旁人無可置喙，怎奈日久天長之後，卻未必真正情願，再也不肯忍耐下去，看來只有改弦更張了。只是恐怕不易善了，花費更多的心力也就可以想見。

因此，在歷經世間的離合悲歡之後，我們才深切的明白：必須學會放下執念，放下才得自在。可是，能有這種智慧的人也是不多。平凡的我們，或許需要修持，總有豁然開朗的一天，到那時，行住坐臥無有干擾，境界自是不同。

每一回的愛戀，也都是一種提醒，提醒自己：不要陷入物欲不停的追逐和感情無盡的需索。那都是苦，歡娛畢竟有限。

你呢？你能這麼理性的對待嗎？

我自知很難，看來學習的路程更是長遠。

人間行路，我寫下了沿途的風景和省思的所得。是的，無法事事順遂的人生，卻在偶爾出現的困頓中，教給了我更多。我的心中充滿了感謝。

我願意相信：淚水洗滌過的心靈，將更顯得清明和智慧，我們可以勇敢，來面對所有的拂逆；可以溫柔，來善待自己。

在苦苦的思索之後，我給了這本書一個美麗的書名《寫給自己的情書》，自覺很不「琹涵」的，我很得意啊。心愛的學生卻跟我說：「想想這個書名很不錯，很適合老師的風格。」什麼？我聞言大驚。原來，所有的苦心孤詣盡付流水。

也是一場有趣。

歲月不居，韶華有限，我願意相信：穿過重重的迷茫悵惘，當清明再現，我們終能抵達心中的桃源。

是的，這情書我寫給自己，寫給生活，寫給思念，也寫給歲月。

或許，在這些文字之間，也有屬於你的心情，真心希望你會喜歡。

琹涵 寫於二〇一六年六月二十七日

part 1

寫給生活的情書

跟一朵花說話吧，說你的哀傷和挫折，

花不言語，卻彷彿知曉你內心糾纏的痛和悔。

彷彿在神祕中她提醒了你，要學會放下。

part 1

寫給生活的情書

情語錄

當你微笑，也像一朵花的緩緩綻放，全世界都跟著微笑了。

花開了，與春天同在，與微笑同在。

跟一朵花說話吧，說你的哀傷和挫折，花不言語，卻彷彿知曉你內心糾纏的痛和悔。彷彿在神祕中她提醒了你，要學會放下。

讓我們的心靈成為一座美麗的花園吧，從來不乏美善的花朵，也繽紛了我們的世界。

你的心中有一座玫瑰園，四時永遠美麗芬芳。其實，你本身就會是一朵玫瑰，美麗也芬芳了我們的世界。

得到的歡喜，失去的哀傷，都如此的鮮明。可是，得與失總是交迭出現，沒有誰能全然的得，也沒有人會都是失。就在得與失之間，正是我們學習的功課。

花開有時，花落有時。沒有任何一朵花可以永遠獨占枝頭、笑顏迎人。

我不想停留。我以為，人生的每一個時刻都是最好的。我喜歡我人生的每一個時刻，它們都有不同的風景，各有美麗，也都是屬於我最好的時刻。

有一個快樂的開始

每天清晨，我以悠閒的心情，展開一天的生活。

工作總是緊張的，腳步匆忙為趕車。越是急，越是容易出錯，連心也因此跟著緊繃。為此，我寧可提早一個小時起床，可以吃個早餐，再好整以暇的去搭車。調整步伐，更重要的是調整心情。

於是，每天我都有一個美好的開始。

悠閒的開始，定調了一天步伐的輕鬆。

美好的開始，讓一整天都充滿了希望。

你呢？你是怎麼開始了一天的生活？如果是追趕跑跳，未免有些辛苦。

祝福你，有一個快樂的開始，在每一個清晨。

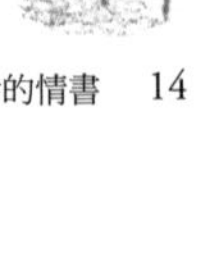

落日

如果清晨是一天的開始，那麼，落日則昭告了白天的將盡。

倘若清晨充滿了朝氣和希望，那麼，面對落日，你想到什麼呢？

也會有些微的惆悵嗎？

心頭浮現的，是「浮雲遊子意，落日故人情」？「人言落日是天涯，望極天涯不見家」？是「天長落日遠，水淨寒波流」？是「長江一帆遠，落日五湖春」？……

我特別喜歡的是王維的「大漠孤煙直，長河落日圓」，多麼富有幾何的圖形之美！

只是寫景，卻又如此別致，不須哀傷，只是領會造物者的神奇，再不能置一詞了。

生命中的春天

年年有春天，然而，春夏秋冬，四季是隨著時光流轉的。

你喜歡春天嗎？

其實，生命中也會有春天，只要你讓愛留駐。

如果歲月是草原，春來時一片萬紫千紅，桃花在風中飛舞，樹被妝點得更為青翠耀眼。如何留春長住生命中？或許也只有愛了。

愛，像陽光，豐盈了生命，讓貧瘠不再，希望降臨。如果我們的心中有憾，也唯有愛能加以彌補。

當我們回顧時，因為有愛，我們感受到生命的美好和豐足，甚至遺忘了那些曾經有過的苦楚和傷痛。

當愛在我們的心中，而且我們樂意分享一切的美好時，生命裡，便永遠有春天了。

一朵花緩緩綻放

當我看到一朵花緩緩綻放，我的心扉因此開啟。

有太多的人被成見所拘束，被固執所綑綁，堅持己見，卻又落落寡歡。問題在於：想不開，也放不開。

有時候，換另一個角度思考，有必要。

為什麼一定認為自己才是對的，別人一定錯了呢？

不妨重新思索，也站在對方的立場來看待事物，那麼更容易發現癥結的所在。有諒解，有取捨，各退一步，事情也就圓滿了。

想開了，心結得解，也才笑得出來。

當你微笑，也像一朵花的緩緩綻放，全世界都跟著微笑了。

花開了

走過山坡，我看見有許多小花開了。一朵一朵，也像夜晚時的星星在天空上閃爍。

小花不像名花異卉，讓人驚嘆仰慕。然而，它也是美的，以清新的容顏歌詠了上天。

花開了，春天來了，我的心也忍不住要微笑。

所有屬於冬季的冱寒已經逐漸走遠了，春天帶著溫暖前來，喚醒了大地，草長起來了，花朵也在風中搖曳，搖曳出滿天的詩情。

花開了，與春天同在，與微笑同在。

你怎能不開心呢？

一朵小花

當一朵小花為你盛開，你是否領會了那樣的善意和感動呢？

多半的時候，我們習焉不察。太忙了，這樣那樣的事情又太多了，我們哪裡會在意天空雲朵的訊息？又哪裡會關心花草的消長呢？即使我們從花園中走過，步履匆忙，只怕什麼都看不到。

這也是一種錯過，錯過美好，錯過賞心悅目，也錯過記憶中的永恆。

也許，你會說：不過是花花草草，即使錯過，又算得了什麼？大自然不都永遠在嗎？

然而大自然在，花草在，如果你從不親近，它們也就等同不在了。不是這樣嗎？

不肯親近，美的啟蒙將無法開始，那豈不是太可惜了？

縱使你飛黃騰達，遠離美，將使你的靈魂很快的枯槁。

當一朵小花為你盛開，你看到了嗎？你感動了嗎？

與一朵花相對

與一朵花相對，不知時間的流逝。

安靜看著花的色澤、形相，慢慢的，你會逐漸淡忘了心中的憂傷。

讓花的芬芳，從我們的心頭輕輕拂過。為什麼你還一意孤行，堅持不肯放下心中的執念呢？

不肯放下，一顆心勢必被綑綁，不得自由，不能舒展，你會喜歡被禁錮的滋味嗎？

跟一朵花說話吧，說你的哀傷和挫折，花不言語，卻彷彿知曉你內心糾纏的痛和悔。彷彿在神祕中她提醒了你，要學會放下。

花是美麗的，天然的，她靜靜的陪伴憂傷的你，直到你願意忘掉自己的不快樂。

從此，你便也明白，花，具有療癒的力量。就在你的不知不覺中，是美，讓你離開了哀傷。

微笑的花朵

微笑，也像是花朵，讓人間更加美麗。

你常微笑嗎？

微笑，也會有反射的作用，當你面對著一張微笑的臉，你也會不自覺的跟著牽動嘴角，也微笑了起來。

讓我們先在自己的心田裡播下快樂和希望的種子，有一天，當我們的心豐足了，自然不吝惜付出和分享。當微笑在我們的臉上綻放，如花一般，我們也將處處看到美麗的微笑花朵。

付出，分享，人間的歡喜更增添了幾分。

夏日一朵荷

盛夏時，我走過荷塘，看到荷花的盛放。

眾荷喧譁，它們是喜歡夏日的吧？

彷彿天氣越熱，荷花越綻放得美麗。無視酷暑驕陽的肆虐，荷花一心以最美的容顏歌詠上天的愛。

而你呢？你會不會是夏日裡的一朵荷？

有著清新脫俗，有香遠益清。即使是長在汙泥之中，也能冰清玉潔，不為汙濁所染。

我只但願擁有智慧圓融。那太珍貴了。有著生命中迸放的光華，瑩潔剔透，歷久彌新。

花園的美麗

住家的附近，有個公園，園裡也不乏花草樹木。我想，如果是花園，一定繽紛多彩，更為引人流連。

花園的美麗，是因為四季都有不同的、繽紛的花朵綻放。那麼，我們的世界如果引人入勝，也由於它包容了各式各樣不同類型的人。

想想看，單一的花種，看久了不免讓人覺得厭膩。再美，也是單調。哪裡會有遊人如織，絡繹於途呢？

世界也是這樣的吧，是壞人彰顯了好人的難得。如果沒有壞人，哪裡知曉好人的可貴？

所以，珍惜所有的美善，而且發揚光大，是一種必須。

如果你是花，你希望成為哪一種花呢？

我只想成為青青草原中的一株小草，披著滿身的碧綠，給人希望，給人

憧憬，逶迤到天涯。如此，就能襯托出，在我近旁，每一朵花的美麗和芬芳。

這是我平凡的想望。

讓我們在各方面都能持續的努力，日有進境，天天歡喜。就像看眾花的爭妍，讓花園更加繽紛，一片熱鬧。

心靈花園

你的心靈像一座花園嗎？種了很多美麗的花嗎？

既然是花園，必然需要花時間和心力來照料。拔除莠草，澆水，施肥，剪枝……辛勞無法少。難道，你以為，天生天養，大自然必會妥當照料？那也太天真了吧？世上哪裡會有不勞而獲的？

善是養分，愛也是。惡要除去，連小惡都不能姑息。因為姑息足以養奸，終究壞了大局。

所有屬於善的範疇，如同情、好意、無私、鼓勵、慈悲、讚揚、寬厚、正直、勇敢……連小善都是好的，不宜輕忽，積少成多，讓善成為本質，時時有善言善行，那麼，也就習慣成自然了。

讓我們的心靈成為一座美麗的花園吧，從來不乏美善的花朵，也繽紛了我們的世界。

別讓玫瑰睡著了

每個人的心中都有一朵玫瑰，那是對美善的嚮往和愛。

你說：「可是，我沒有。」

你一定有的，或許你沒有留意，或許你忘了。

當你的內在興起對別人真摯的同情，那份惻隱之心，那一點不忍之心，就是你心中的玫瑰綻放了。當你願意去幫助別人，人飢己飢，人溺己溺；當你樂意捐輸；當你從不吝惜以溫言暖語鼓舞他人；當你在別人的不幸裡，看到了自己的責任……我以為，你的心中有一座玫瑰園，四時永遠美麗芬芳。

其實，你本身就會是一朵玫瑰，美麗也芬芳了我們的世界。

別讓玫瑰睡著了。

這是我對你，也是我對自己的祝福。

花開花落

我願意相信，一生中，所有的得到和失去都是有意義的。得到的歡喜，失去的哀傷，都如此的鮮明。可是，得與失總是交迭出現，沒有誰能全然的得，也沒有人會都是失。

就在得與失之間，正是我們學習的功課。

會不會也像是花開花落呢？花開有時，花落有時。沒有任何一朵花可以永遠獨占枝頭、笑顏迎人。明白了這個道理，或許我們應該以平常心來面對，不以物喜，不以己悲。可是談何容易呢？一切有賴我們的修為。

欣賞花的開落，也欣賞大自然的景色，一石一木，一片葉子一朵流雲，宇宙間多的是無言之教，只在於我們的用心體會。也讓我們欣賞人世的善意，雖不免有爾虞我詐者，但相信也會有更多純樸寬厚的人。美好的人情，更是絕佳的風景，讓人永誌不忘。

花開花落，你又領會了什麼呢？

美好的瞬間

生活中有許多美好的瞬間，你發現了嗎？把握了嗎？

有一次我去看一個攝影展，展出的作品全都取材於生活，這讓我大開眼界。

一朵花開，一條寂靜的巷子，一張孩子的笑臉，一棵老樹……都別有韻味。不只是影像的顯現，彷彿攝影者想要訴說的更多，如青春的易逝、歲月的滄桑，更重要的是，提醒我們要活在當下。

美好的瞬間，多半無法久留，總是很快的就要消失了。如果我們曾以珍惜的心加以善待，那麼，就會停留在我們的心版上，像銘刻的印記一般，讓我們可以時時懷想。

如果能記得許多美好的瞬間，相信我們的人生也會是繽紛而美麗，值得眷念的。

無心插柳

生活中，有時候一些隨興之舉，卻常帶來了意外的驚奇。

像吃完了瓜果，隨手把籽埋進花盆裡，有一天竟然發現它長出了綠芽，一片生機盎然。

做菜時，有時隨意加了平日不常添的佐料，或胡椒粉或番茄醬或其他香草香料，而那道菜竟讓大家食指大動，一掃而空，真讓人驚喜不已……

生活裡不乏這樣的小事，充滿了趣味橫生。

所以，不必一定要求自己都走在常軌上。偶爾走一條不曾走過的鄉間小路，說不定能看到許多不知名的美麗小花草，也給了你一整天歡喜的心情。

留在心田

每個人的心中都是一畝一畝的田。

能留在心田的，一定是自己最珍惜寶愛的吧？

那麼，你呢？你想將什麼留在心田？

一朵純真無邪的微笑？一個慈心悲憫的眼神？一份真摯不悔的愛？一片綠意盎然的草坪和四時不凋的花朵？……

每個人都有屬於自己的想望，很難評分高下。

我但願能留住所有跟美善有關的記憶，我但願能來得及表達自己心中的感恩，對那些祝福我也受我祝福的人們。

今生緣會，都有難得的因緣，不論是愛護我或教導我，詆毀我或傷害我，目的都在讓我變得更好。

有時是怒目金剛，有時是春風化雨。

有時是歡喜的淚，有時是哀傷的歌。

都值得我心懷感激。

它們一一滌洗了我所有塵俗的憂患，終於，讓我的心田也長出一朵雲，漂浮在蔚藍的天際，自在逍遙。

莫忘初衷

年少的時候，你夢想有一間房子，前有花園後有山。你想，那樣的房子真是太美了，而且可以日日和大自然為伍，真是賞心樂事。

後來，你長大了。你到大都市工作，很辛勞，也很認真的存錢。很久以後，你住進了華廈；可是，你好忙啊，累得連打開窗戶、仰望星空，都忘了。

當然你也忘了，小時候那前有花園後有山的房子。

你不是在追逐夢想嗎？又為什麼會忘記小時候的夢呢？

後來，你經歷了一場大病，不得不暫時離開職場，回到鄉下。你卻真的在鄉下租到一間前有花園後有山的房子。

日日你在鄉間散步，看春耕夏耘秋收和冬藏，看鳥兒在枝枒間的飛來飛去，樹卻好像不太生長，其實是在你不曾察覺的時刻，它依舊日夜成長……

在大自然的滋養下，你終於重拾了健康。

你明白，有一天你終究要回到鄉下，住進前有花園後有山的房子。

你告訴自己：莫忘初衷。

這樣的美

我們的口，是為了說出美好的言語。
我們的眼，是為了看盡天下的好山好水好人情。
我們的耳，是為了聆聽好音，分辨善惡，擇善固執。
我們的手，是為了幫助別人，讓世界變得更好。
能做到這樣，就是真正的美。
也許，和世俗的判定不同。但是上天必然明白你美好的心意和言行，祂會給你應得的獎賞。
其實，你心中的寧靜和快樂，就已經是很大的獎勵了，不是嗎？

靜靜的等待

人生，有些時候，必須靜靜的等待。

例如：等待一朵花的綻放，等待兒女的長大，等待重病的逐漸康復……的確，等待是要時間的，可是，那是必須，急切不得。如果揠苗助長，說不定欲速不達，效果適得其反，更為不美。

你等過嗎？相信每個人都曾有過類似的經驗。

等待，也是耐心的一種訓練。人生的旅程中，有太多的時刻需要我們有耐心、肯努力和堅持不懈。

就讓我們靜靜的等待吧，一如等待傷口的癒合，等待另一個更大的驚喜來到眼前。

讓心靈飛翔

你的心靈是沉重的？還是輕盈的？能輕盈到可以飛翔嗎？

年少的時候，飛翔是我的夢。可是，我沒有翅膀，又如何飛得起來呢？我日日苦思，卻不得其解。為此，我常是沮喪的。

後來，我愛上了閱讀。那是一個多麼繽紛而神奇的世界，讓我的想像可以自由翱翔；那也是一個沒有邊界的空間，由我的思維任意穿梭。古今中外，無所局限，我終於實踐了飛翔的夢。

是書籍給了我心靈的翅膀，讓我美夢成真。

努力展翅飛翔

努力展翅飛翔，靠自己。

不要老是抱怨，為什麼遇不到伯樂？為什麼沒有很好的際遇？貴人為何遲遲不肯出現？……

你確定自己是千里馬嗎？如果是，能日行千里，遲早都會被當個寶。至於這樣老是希望別人能出手幫忙，如此的冀望他人，而不肯自己發光發亮，我以為，如果你不是想要倚賴，就是不夠獨立和努力。

難道你不能靠自己嗎？

給自己目標，給自己機會，給自己一雙心靈的翅膀，你不也一樣可以飛向天際？

靠人不如靠己，不是嗎？

寧靜自在

好的音樂常常是模仿大自然的。

大自然的風聲雨聲，我們說那是天籟。山村野夫不曾聽過音樂，但是在生活中，他們聆聽大自然的各種聲音，依然得享寧靜自在。

住在城市裡的我們，無法時時親近大自然，於是我們聆賞音樂，或可帶動呼吸、脈搏，竟然宛如沐浴在山林之中。

你愛音樂嗎？音樂帶領著你的心靈走向美麗的大自然。

你可曾領會到那寧靜自在呢？

都是美好的存在

我喜歡我居住的城，它豐富、便捷、多采多姿，任何人都能擷取他想要的那一面。

有捷運，有公車，有計程車，交通上四通八達，綿密如網，每個角落都去得到而且便利快捷。

在臺北，餐飲名店多，各式各樣，各國菜色匯集，全憑君意。百貨商場多，創意也多，讓人目不暇給。書店雖然相形之下，有些失色，仍然比起中南部多更多。兩廳院、美術館、博物館、科學館，節目多，展覽更多，電影和音樂、戲劇都多，提升了文化的水準……公園多，綠地多，馬路平坦，國外的朋友來訪，常說：「臺北成了一座美麗的城。」

這都是美好的所在，你看到了嗎？珍惜了嗎？

生活中的美好

你知道，在生活中隱藏著許多的美好嗎？

你卻說，你是個不幸的人，生活裡只有充斥著各種壓力，讓人喘不過氣來。你不相信，屬於你的生活會有什麼美好？

你這麼說，是因為你太累了。疲累讓你張不開眼睛，也看不清一切。生活中的美，是要去發現，才能看見。

美好，未必是在坐擁名利上，有許多都在生活的周遭，在細微末節之處。如蔚藍的天空、雲朵的飄過、拂過臉頰的清風、雨後的彩虹、人間的善意、助人的快樂……即使再細微，也是美好。如陌生人的微笑，如偶然間吃到一塊好滋味的糕點等等。

如果，你還是堅持，你的生活中沒有美好。我以為，恐怕問題在你，因為你「拒絕」發現美，便也無緣看見了。

損失很大的，不是嗎？

最好的時刻

有人問我：「你願意停留在人生的哪一個時刻呢？」

我不想停留。我以為，人生的每一個時刻都是最好的。

即使是在我二十歲的時候，青春如花，還在學校讀書，有父母師長的疼愛，可是，不曾經歷風雨人生，不解世事憂煩，我想我還是不懂事的吧。有許多的錯失和懵懂，只因太年輕。二十歲，我美麗卻不深刻。

那麼，在我五十歲時呢？我開始面對病弱的父母，劬勞一生的他們，幾番進出醫院，充滿了苦痛的掙扎，終究要大去。他們人生最後的一里路，竟是如此艱難，可也由不得自己。唯有平靜的接受，才是智慧的表現。那時，我站在一團混亂之中，心境蕭索，卻也得到很多的啟發。

在我，每一程路都是一首歌，我提醒自己：要好好的唱，更要努力的唱。

我喜歡我人生的每一個時刻，它們都有不同的風景，各有美麗，也都是

屬於我最好的時刻。

你呢？何時是你心中最好的時刻？

心田中開出一朵花

當你的歡喜無處安放，不知如何是好時，你會發現，你的心田中正緩緩開出一朵花。

從含苞待放，到輕輕開啟，到恣意怒放，如火如荼，那是美的極致。

你的歡喜也想要和別人分享。

分享喜悅，分享美好，也分享幸福。

分享得越多，你也在更多人的心中種下了美善的種子，這些種子總有一天會發芽、成長、開花，也同樣會綻放出繽紛的花顏，美麗了我們生活的周遭。

當我們的生活周遭，生存的世界，一日日變得更好更美，真正受惠的，是所有的人。

我們曾經有過的付出，所有的善意、關懷、美好，又再度流轉，回到我

們的身上。如此神奇，無可預料，更讓我們有著無限的驚喜。

細細體察：你的心田中，開出一朵花了嗎？

平安是福

人生的追求，終究歸結到「平安」二字。平安是彌足珍貴的，平安的人有福。

你平安嗎？你能領會「平安是福」嗎？

當我們的心中無所憂慮和罣礙時，如此寧靜安詳，那就是幸福了。

尤其，是在歷經種種憂患挫敗，無有寧日以後，我們更能體會「平安是福」的真諦。沒有遷徙流離，沒有輾轉溝壑，沒有喧囂擾攘，當我們能安居樂業，衣食得以周全，那已經就是福祉了。

平安來自內在的靜定安然。一個內心平安的人是有福的。

當我們每日在清晨醒來，願能平安，是我們對自己的祝福。每當夜晚入睡前，也讓我們對這一日的平安而心懷感謝。

平安是福，願我們日日都能有這樣的幸運。

昨夜的一場雨

昨夜，分明聽到雨聲淅瀝，心想這雨下得夠久了，然後，我又在迷迷濛濛中睡去。

清晨起來，推窗一望，不見絲毫雨水的痕跡，但見秋日晴好。

這讓我十分疑惑：昨天深夜的那一場雨，莫非只是在夢中？

或許，往日的一切都不過是昨夜的那場雨、那個夢。尤其是那些不快樂的記憶，又何必執著不放，苦苦纏繞於心？終究只是縛綁，不得自由。若不願捨下，又如何邁開前行的步伐呢？

所以，只有活在當下，珍惜眼前的一切，才是真正有智慧的吧。其餘的，也不過如同昨夜的那場雨，畢竟成為過去，甚至杳無蹤影。

一場夜雨，宛如落在夢中。

記起和遺忘

一生中，我們不斷的努力記起，也不斷的想要遺忘。

在記起和遺忘裡，我們拔河。

小時候我們有很好的記憶力，卻拿來記誦課本上瑣碎的知識，而不是永恆的美和真理。長大以後那些零散的知識早被忘卻，是因為我們學習得更多，於是，忘得也快？

到底什麼樣的人和事會被長久的記起呢？大概是那些印象鮮明、刻骨銘心的吧。

我常安慰自己：「至於，那些被遺忘的，想必都是無足輕重的。」

我但願能記起的是，世間的善人、善言和善行。

能帶給別人溫暖，有益於世道人心的，才值得被記起。

其餘的，都像是風吹過林梢。忘了，也是好。

那麼，就微笑吧

如果不知道該說什麼好，那麼，就微笑吧。

我不是一個愛說話的人。老朋友，當然很可以說。好朋友，更是怎麼說都好。唯獨新朋友，還真不知該說什麼呢。那時候，我多半微笑。

微笑傳達了我的善意。我也想聽聽他怎麼說？對什麼議題更有興趣？他尖銳嗎？還是溫和？他有趣呢？還是安靜？

年輕時候的我不太說話，人緣卻很好。在陌生的場合也是這樣，我常能得到謬賞。我也很驚奇，後來仔細想想，或許該歸功於我的微笑。

微笑，也是一種無聲的言語和祝福。我很久以後才明白。

在我，不說話是藏拙。說錯話，豈不很糟？與其多說無益的話令人討厭，我想，我還是微笑吧。

有誰知道呢？微笑，竟然增進了我的好人緣。

尋幽訪勝

古時的文人雅士喜歡尋幽訪勝，說是山水有清音，甚至寄情於山水，成為山水的知己，也藉此洗盡紅塵滄桑。

其實，看山看水，賞心悅目就好，如果帶著傷心別恨，也未免過於沉重了。

有人則在自家庭院細心經營，有小橋流水，有假山燈臺，可供心靈遊憩，也種桃種李，桃李深處會是故鄉？還是因為再也不願苦憶人間世？

尋山訪水，只為了更加歡喜自在，也就可以了。

詩人紀伯倫在《沙與泡沫》中說：「在人的幻想與實現之間有一處天地，唯有他的渴望得以橫渡。」

所以，我們才須尋尋覓覓，在山水之間？

part 2

寫給自己的情書

你以為你的能力哪裡來？
當然是從一次次的磨練中學來。

有一天，當你準備好了，
機會也跟著來臨。

你扛得起，上天才敢把責任交給你。

part 2

寫給自己的情書

情語錄

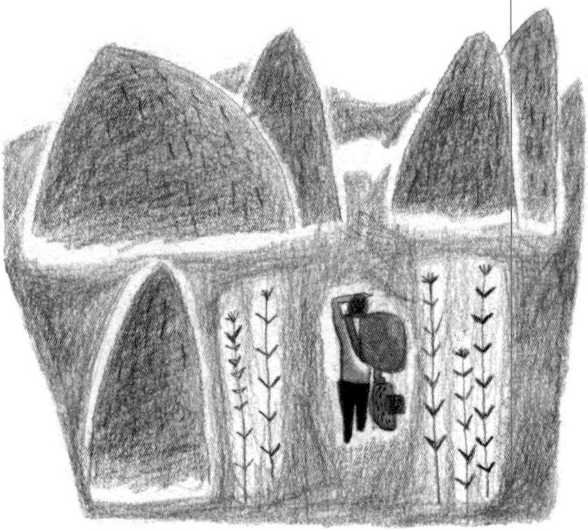

信心是光，相信自己，就能發光，讓自己散發魅力，無人能抵擋。你的光，會是獨一無二的，多麼迷人。

當一個人的內心豐厚了，那麼，即使布衣粗食也不以為苦，安步當車亦有餘樂。

在這個世界上並沒有走不過的關卡，是自己對恐懼的想像，才跨不過所有的困難。你聽，鳥聲啁啾，那是對美好的嚮往和歌詠，也讓那歌聲唱進我們的心坎吧。

打開一扇窗，寒冷隨之隱去，陽光給了我們溫暖。

努力讓自己輕盈自在，千萬別在壞情緒中停留。

我走著自己的路，演著自己的戲，好壞的評定由人，我只是努力的演好，也希望是一場快樂的演出。

人生，是你最大的創作成品。可是，你從來不曾仔細的想過和把握住。你應該重視自己的人生，在人生的畫布上，努力繪出繽紛的顏彩，讓它成為獨一無二的偉大作品。

在你失去熱情的那一刻，當心中有如槁木死灰，再也不懷抱著對生命的熱情時，你就已經老了。

不要把自己的快樂寄託在他人的身上，要能在尋常生活中發掘快樂，給自己快樂，而不是仰仗他人的給予。

人生，其實是一場孤獨行旅。可是，我們多麼害怕孤單和獨處，於是，我們不斷的跑進跑出，做這又做那。

找回你的翅膀，找回那被遺忘的善意和貼心，讓真善美，都在生活中力行實踐。你是天使，本來就是。

我寧可相信眼前的世界。一念向善就是天堂，一念向惡就是地獄。天堂與地獄，就在我們的方寸之間，所以更要保守我們的心。勿以善小而不為，更勿以惡小而為之。

日子的禮物藏在汗水之後，隱在認真的所在，只等著你去領取。

走自己喜歡的路，不在別人的稱揚，而在個人的心安理得。

恰如其分，才是美。

所有的汙衊、中傷、詆毀，之所以會傷害到你，是因為你在意。

相信你自己，只有自己可以決定不再接受對方的無理取鬧，不再讓自己的心靈受到苦難。你可以想出很多的方法，讓自己好過一些。

有一天，當你準備好了，機會也跟著來臨。你扛得起，上天才敢把責任交給你。

讓過去的成為明日黃花，重要的是珍惜眼前的所有，活在當下，以信心眺望將來的美景。

但願我們不要過於執著，走不過的路，就請繞個彎吧，還是可以繼續前行的。靈活的應變，可以帶來更多的趣味，不必死心眼，更不必固執不通。

且行且歌，人生也可以做如是觀。

有錯，就要誠心悔改，縱使在灰燼中也要重尋奮起的力量，且看明朝太陽依舊升起。

每個遭遇都是人生樂曲中的一個音符，有高有低，有繽紛美麗也有消沉暗淡。不就是這樣，才譜就了扣人心弦的樂章？

要努力讓自己站得高，才能看得遠。當我們能站在最高處，浮雲哪裡遮得住視線？更別提小人的興風作浪，如何搖撼得了大局？

其實你是富有的，沒有負債是富有，身體健康是富有，擁有親情友誼是富有，可以自由走動是富有；何況，還有美麗的大自然可以親近，圖書館的藏書可以豐富心靈……

有一天，我們沮喪、灰心、懊惱、甚至活不下去時，我們可以打開生命的存摺。原來，我們也曾被愛、被關懷、被祝福、被疼惜過，也被善意溫柔的對待過。

一顆心

小時候，有很多的幻想，想要去流浪，想要改變世界，想要離群索居……

慢慢長大了，我才明白，這些都太不切實際了。其實我的能力不多，我無法力拔山兮，舉起一整座山；我也不能攀星摘月，它們恆在天上；我更不能讓整個世界全然改變。

我只是一個平凡的人，過著平凡的生活。

又經過很多年之後，我知道，雖然我不能改變這個世界，可是我可以改變自己的心。當我的心更加柔軟體貼堅強勇敢，我就更有勇氣面對人群和整個世界，如此跟外界也會有更好的連結和互動。

當我擁有一顆更好的心，所有的艱難險阻也就不那麼讓人畏懼了。

你呢？你有一顆怎樣的心？

心中的信念

心中的信念，決定了我們是一個怎樣的人。

心是這樣的重要，所以聖經上說，要保守自己的心。因為我們的言行舉止，都來自心的指揮。信念，影響了外在的一切。

我從來不相信，一個有美善信念的人會作惡多端，反之亦是。

所以，我們更要經常砥礪自己，讓我們的心溫柔、慈悲、堅強、勇敢、寬闊，而且充滿了愛。如果心中有著好的信念，外在的言行多能不逾矩，甚至屢有美言善行，幽幽吐露芬芳。

你是不是時時護持了自己心中的信念呢？

自信之美

你對自己有信心嗎？

她是個美人兒，長得頗有幾分像名模志玲姊姊，卻老是遇不到合宜的男友，情路坎坷，一直未能在感情上修成正果。

怎麼會這樣呢？

後來才知道，她對自己從來沒有信心。自信，是可以替自己的美麗加分的。可惜她不曾善用。

因為沒有信心，於是她不斷的討好男友，讓男友予取予求，對方的不知珍惜也常讓戀情無疾而終。

其實，她應該先從建立自己的信心開始。信心是光，相信自己，就能發光，讓自己散發魅力，無人能抵擋。

你的光，會是獨一無二的，多麼迷人。

祝福你擁有自信，也很快的尋到屬於自己的幸福。

你知道自己的幸福嗎？

比起我父母的生活艱辛，經過戰亂流離，我從來都知道自己的幸福。戰爭是最大的不幸，多少人骨肉分離，多少人輾轉溝壑，在一個充滿了動亂的時局裡，無法安心讀書，謀職也相形困難……也幸好，我們從來不必經歷過這些，令我深深感恩。

我們有眼睛，可以看見這個美麗的世界；有耳朵，可以聆賞美好的樂音和天籟；有味覺，可以分辨美食的難得；有靈巧的雙手，可以創造藝術，可以有所發明；有雙腳，可以走向天涯海角……

上天已經厚待了我們，可是，你察覺了嗎？體會了嗎？

如果你依然心生不滿，大肆抱怨，認為是上天負了你；卻不知道，自己能在安定裡求學工作，有健全的軀體，能跑能跳能看能聽，這是多少人夢寐以求而不可得的。如果你忽略這些，我以為，你不算是個懂得感恩的人。

感恩，才讓我們幸福快樂。

快樂的活著

我們要活著，而且要快樂的活著。

只是活著，盡責任、守規矩，久了，不免疲累。如果離快樂太遠，活著更是辛苦，你堅持得下去嗎？

也許，也可以堅持，卻越來越不起勁，恐怕也越來越接近「行屍走肉」了。覺得自己彷彿是為現實而典當了靈魂。

你會喜歡過這樣的日子嗎？

當然不！

那麼，就每天抽出一點時間做自己喜歡的事吧，或者替自己訂定一個夢想，縱使緩步前行，也畢竟是走在夢想的路上了。去旅行，去東張西望；要不，去運動，去散步，去閱讀，去唱歌，即使短暫，也是好。

你並沒有自己想像中的那麼重要，太多的事沒有你也可以。地球會為你而停止轉動嗎？不會。晨昏會為你顛倒嗎？不會。你看，山川花木都在原

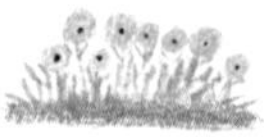

處，這個世界，沒有你一樣欣欣向榮。

每個人都是渺小的，只是盡力而為，也要努力讓自己快樂的活著。

要快樂

即使是快樂，也需要努力。

要不，你以為快樂是從天上掉下來的嗎？是「取之不盡，用之不竭」的嗎？

請問，憑什麼你可以得天獨厚，予取予求呢？

其實，誰都不能。

如果知足、寬容、工作、大自然、休閒、運動、幽默……讓你快樂，你就必須向著它們逐漸靠近，讓自己的身心經常保持在一個更好的狀態，更健康，那麼，才可能覺得快樂。

快樂，一樣要努力爭取。

因為幸運

走在人生的路上，你幸運嗎？

當夢想來來去去，也許不免有幾分惆悵吧？

小時候的夢想五花八門，開個雜貨店、賣冰棒、當車掌小姐……，奇怪的是：我從來不曾想過要當老師。或許，那時的老師都太凶了，老是揮著鞭子打學生的手心。

當然，童年時候的夢想哪裡能算數？會跟隨著年歲而不斷的更改。人生的有趣，也在於未來的無可預測。哪裡想得到呢？後來我竟然成為老師。教了半輩子的書，全力以赴，其實留下了很多美麗的回憶。

小時候的夢想，在歲月的洪流裡淹沒了，彷彿是必然的事。我也覺得，人的安排不如上天的安排。我只是個棋子，被放在一個接近對的位子上，所以能發揮所長，實現自我，的確是非常的幸運。

因為幸運，我感恩。

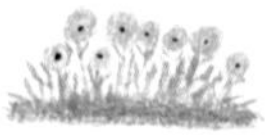

快樂不難尋

快樂在哪裡呢？你四處尋覓卻一無所獲。

那麼，到底快樂在哪裡呢？

其實，就在你的內心深處。你不須外求，而是內省。

快樂在知足裡，倘若欲深谿壑，永遠沒有饜足的時刻，又哪裡能快樂呢？

快樂在寬容裡，當你能寬恕和接納時，許多的枝微末節就不會放在心上，更容易快樂起來。

當一個人的內心豐厚了，那麼，即使布衣粗食也不以為苦，安步當車亦有餘樂。流雲是美，天空是美，山水是美，花草樹木也無一不美。不論看到什麼，都能發覺出它的美來。不論遭遇到什麼，也都能正向思考，視逆境為尋常，更能覺察出處處都有快樂。

快樂不難尋，就在心之一念而已。

輕盈自在

努力讓自己輕盈自在，千萬別在壞情緒中停留。

惡劣的情緒，會讓我們的心跌落谷底，停留越久越難攀升，只有百害而無一利。若有智慧，還是快些遠離的好。

有些人卻不這樣想，他四處抱怨，希望邀得同情。可是，誰有義務必須安慰你呢？自己的苦楚自己扛。有人願意協助，那是義薄雲天，值得終生感激，不宜輕易忘卻。

人人都會有心情低落的時刻，或哀傷或不滿或憤怒或消沉或失望，不要讓自己被這些負面的情緒所擊倒，想法子鼓舞自己，讓自己振奮起來。

就把那些壞情緒視如天上的浮雲吧，浮雲來來去去，可曾永遠佇足天際？壞情緒也應該這樣，別讓它停留，就讓它一閃而逝吧。

你必須快樂起來，只有快樂，讓我們的心沒有負荷，才能輕盈自在往上飛升。

在於自己

人生路上，有許多的選擇和決定，其實都在於自己。不論做的是怎樣的選擇和決定，都或多或少影響了往後的生命旅程。

你能否認嗎？

有時候，你的徬徨遲疑，難以果決斷然，也可能出自個性；然而，個性是可以修正的，你曾經做過這樣的努力嗎？

如果把所有的責任都歸咎於他人，難道你就沒有錯處嗎？與其處處怪罪別人，何如反求諸己？

讓自己能變得更好，更柔軟也更慈悲，更堅定也更能承擔。是的，我希望自己是一個剛柔並濟的人。可以溫柔，可以勇敢。

必須是一個好的人，扮演人生的其他角色，也才可能會是成功的。我從來不相信，一個不好的人，哪裡還能冀望他其餘的事能做得圓滿？

真的，一切的關鍵，就在於自己。

打開一扇窗

如果你在黑暗的角落裡哀傷流淚，如果你悶悶不樂，不知何去何從？那麼，請走向窗邊，打開一扇窗，讓陽光進來，也讓鳥語傳來。

於是，你發現，逐漸的你的心情平靜下來，陽光，像是撫慰。也許，在這個世界上並沒有走不過的關卡，是自己對恐懼的想像，才跨不過所有的困難。你聽，鳥聲啁啾，那是對美好的嚮往和歌詠，也讓那歌聲唱進我們的心坎吧。

打開一扇窗，寒冷隨之隱去，陽光給了我們溫暖。

我們是可以重新開始的，不是嗎？

與其灰心喪志，不如打開一扇窗，讓自己看到窗外的風景，有樹有花朵，有風還有陽光，世界這般美麗，為什麼我們竟讓自己成為不快樂的人？

不抱怨，請歡喜行動！

最出色的演員

人生其實是一場演出，你是那最出色的演員嗎？

人生就是戲，你在戲中而不自覺。劇本上天早就寫好了，照本宣科，你演得夠好嗎？

有時候你是唯一主角，有時候只是配角，甚至不過是個跑龍套的。不管角色如何，都要認真去演。用心，是一個演員的本分。

也許博得滿堂彩，也許不是這樣；但是只要努力了，俯仰無愧，一切便也無憾。

我從來都是認真的。是最出色的演員嗎？我不知道，也不是那麼關心。

我走著自己的路，演著自己的戲，好壞的評定由人。我只是努力的演好，也希望會是一場快樂的演出。

人生的創作者

人生，是你最大的創作成品。

可是，你從來不曾仔細的想過和把握住。

很忙啊，你總是這樣的抱怨。跑來跑去，衝進衝出，事情多的是，你總是不得閒。忙碌，或許不能免，但是你更應該重視自己的人生。在人生的畫布上，努力繪出繽紛的顏彩，讓它成為獨一無二的偉大作品。

你是不是經常提醒自己：你是自己人生的創作者？

所以，要精進學習，不浪費時光。

所以，要勇敢嘗試，創造美麗的回憶。

所以，要心存慈悲，與人為善。

所以，要勿以善小而不為，勿以惡小而為之。

因此，審慎落筆有必要，創作出真善美。

和自己相處

你能和自己相處嗎？你喜歡獨處嗎？

我習慣獨處，也很能自得其樂。

有一年我同時摔斷了右手和右腳，情況慘烈。生活的自理，例如做餐或外出，立刻面臨困境，後來是我的鄰居朋友幫我送餐以及處理雜事。可是打上石膏的手和腳，不只沉重，挪移不易，還會疼痛不適。看來養傷時間恐怕不短，總不能天天沮喪，無所適從吧？

我告訴自己：要做一點事，來轉移我的注意力，也讓我的日子好過一些。

必須是我有興趣的，能夠專注的。後來，我決定來寫一本少年讀物。於是我在電腦的鍵盤上，用左手指頭逐一打字，速度的確很慢，我卻也覺得正好。因為這是意外想寫的一本書，於是邊寫邊想，慢慢布局慢慢思索，以等待骨頭的緩緩癒合。

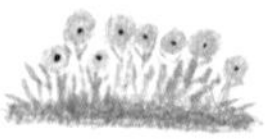

半年以後，石膏都已拆去，書也寫完，還找了一家頗有名氣的出版社來出版，一切都很順利圓滿。

半年裡，除了外出就醫，幾乎足不出戶，整天都在寫作，寫成了一本書，也算是成績很不差。

我的確很能獨處，即使是在一個被認為艱難的情況之下。

自得其樂

一個人能自得其樂，才會是快樂的。

不要把自己的快樂寄託在他人的身上，要能在尋常生活中發掘快樂，給自己快樂，而不是仰仗他人的給予。冀望他人，其實是一種悲哀，已經與快樂漸行漸遠了。

你是一個能自得其樂的人嗎？

一個人看電影，一個人去游泳，一個人外出，一個人看書，一個人作餐……我越來越喜歡可以獨力完成的事，沒有牽扯，沒有干擾，成敗自負。會不會也因為這樣，我才愛上了寫作呢？

寫作，其實是私密的、孤單的，也的確可以獨力完成。一切的成敗，都在自己。

如此，我好像自成了一個豐富的宇宙。我喜歡，而且從不諱言。

築夢的人

人生如夢，而我們都是築夢的人。

面對人生，從來不宜得過且過，除非你甘於庸庸碌碌，隨波逐流，只打算渾渾噩噩過平凡的一生。

我們都可以是一個築夢的人。把內心深處的夢想逐一實現出來，看來似乎很難。其實，只要你大聲說出來，願意著手去做，以踏實的步履努力前行，便會驚訝的發現：全世界都願意施以援手，讓你的美夢得以成真。

不要因為膽怯就停下自己的腳步，請繼續力行，堅持，不肯懈怠，終究能接近自己的夢想。尤其，不要自暴自棄。如果自我放棄，那就和夢想完全絕緣。別人縱想協助，也已經使不上力了。

讓我們努力繼續築夢吧，有一天當我們走在人生的黃昏，我們將了無憾恨，因為我們擁有繽紛的一生，有那麼多美麗的回憶！

點燃熱情

熱情是珍貴的，但必須點燃，才有作用。

有些人冷漠，來自自私。他只關心個人的好處，其餘的全無興趣。沒有人能停留在他的心中，因為他只愛自己。

相形之下，那些願意幫助別人，出錢出力出時間，便顯得難能可貴了。他們是熱情的，努力付出，是希望這個世界能更好。

你會是這樣的人嗎？

我們常聽別人說，幾歲以後就老了。到底是幾歲呢？五十？七十？還是法定的六十五？

其實是在你失去熱情的那一刻。當心有如槁木死灰，再也不懷抱著對生命的熱情時，你就已經老了。

熱情，是個分界點。當然，它的重要性不言可喻。

活出生命的價值

每個人對生命都有不同的看法和期待，什麼才是你生命中真正的核心價值呢？

有人追名，有人逐利。高手過招，各憑本事。只要心甘情願，也沒有什麼不好。有人淡泊一生，追求物外之趣，有人盡棄物欲，結廬山水之間。可見鐘鼎山林，各有天性。無法強加置喙，也沒有那樣的立場。

能活出生命的價值，彌足珍貴。

所以要思索：生命中，什麼才是自己願意傾心追尋、永矢弗諼的呢？

就那樣，向著目標認真的走去，不要忘了初衷，更不要輕言放棄。

為你祝福。

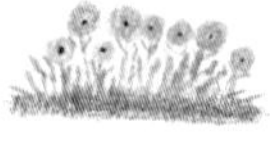

做一個天使

你是天使嗎？

做一個天使，懂得聆聽和陪伴，也願意寬容、體貼和照顧他人。

這樣，會很吃虧嗎？如果，事事算計，就不會是天使了。

就努力做一個天使吧，可以讓世界更美麗，讓大家更開心；於是，自己也跟著歡喜起來了。真的吃虧了嗎？一點也沒有啊。

其實，每個人都是天使，只是有的人忘記了他的翅膀，也忘記了他曾經是天使。

找回你的翅膀，找回那被遺忘的善意和貼心，讓真善美，都在生活中力行實踐。

你是天使，本來就是。

一場孤獨行旅

人生，其實是一場孤獨行旅。

可是，我們多麼害怕孤單和獨處，於是，我們不斷的跑進跑出，做這又做那。很忙哪，這樣那樣的事情多著呢，我們借忙碌來忘卻心中的不安。

有一天，午夜夢迴，我們終究明白：人的本質是孤獨。

以前我們不清楚，是因為周遭有太多的人和事，我們很少靜下心來仔細思考。經由抽絲剝繭，人都是孤獨的。

有人陪你看晨曦，有人跟你賞夕陽，有人和你同進同出，你的親人好、朋友多，四處受歡迎。可是，有誰能陪你到最後呢？世事難料，人生無常，最後恐怕只有你和你的影子一起。

沒有什麼好感傷的，人人必走的路程大抵相似，只在早晚的不同而已。

既然注定如此，你做好準備了嗎？希望身體健康一些，自主的時間長一點，有足夠的儲蓄，有三五好友互相鼓勵，有信仰可以依靠……

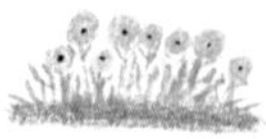

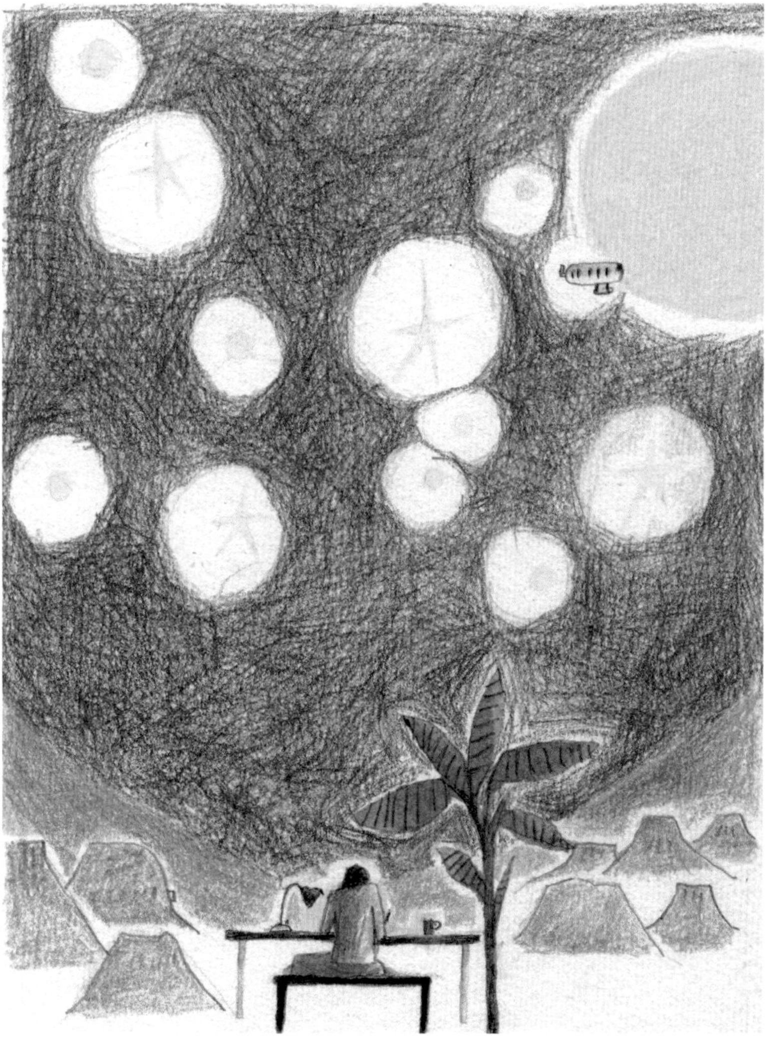

當我們有了面對的勇氣，恐懼因此減少，甚至我們還看到了人生晚景的美麗。

只要肯跨出

為什麼我們總是這樣的軟弱？

我們禁受不了挫敗的打擊，只會傷心的流淚。我們害怕困難，以為那是過不了的關卡。我們認定自己是不行的。

我們希望有人可以仰仗，甚至代勞。為此，我們永遠都想依賴，不願靠自己的力量站立。

我們只是菟絲花，一心想要攀附。如此，我們也一併失去了獨立自主。

如果軟弱可以是一種選擇，當然也可以揚棄。

學習凡事自己來。不會？去向高明者請教。

只要肯跨出步伐，堅定向前，終究有成。

方寸之間

何處是天堂？何處是地獄？果真是死後依著今生的所為而判定的嗎？

你真的相信天堂和地獄的說法嗎？

輪迴顯得遙遠而迷茫，又有誰能確認呢？

我寧可相信眼前的世界。一念向善就是天堂，一念向惡就是地獄。天堂與地獄，就在我們的方寸之間，所以更要保守我們的心。勿以善小而不為，更勿以惡小而為之。

行善，不為天堂，只是求心之所安而已。

當我們俯仰無愧，輕安自在，心中常有快樂，我以為，那就是天堂了。

永恆的喜樂

什麼才是永恆的喜樂？你以為呢？

塵世所有的名利，都可能帶來或長或短的喜樂，卻無法永恆持有。因為名利不過是鏡花水月，終究只是夢幻一場。

既然注定了失落，為什麼依舊有太多的人趨之若鶩呢？因為迷人，因為不是人人能得。於是費盡心思，等到得手，等到了悟，韶光早已如飛的逝去，只留下心中的無限惆悵了。

我以為永恆的喜樂在真善美，在慈心悲憫、與人為善，在別人的不幸裡，看到了自己的責任。願意攘臂爭先，願意先人後己，願意服務，願意分享……

當所有的努力是為了讓整個世界變得更好，喜樂因此永恆存在。

日子是禮物

日子是禮物。

每一個新的日子，都隱藏著奧祕，讓我們去追尋和探索，越是用心，所得必然豐盈。

所以，要好好活著，珍惜每一個日子，不讓它虛度，更不揮霍。謹言慎行，努力以赴。

你也是這樣想的嗎？

有人厭棄日子，也厭棄自己。他以為每個日子都是沒有意義的，於是得過且過，苟且的活著，毫無生氣，也不覺得有必要付出努力。

其實，日子的禮物藏在汗水之後，隱在認真的所在，只等著你去領取。

我相信，那樣的禮物會讓你驚喜。

追隨

在我們的一生裡，你有心中尋求的夢想嗎？什麼才是你真心渴望追隨的呢？

有人呼求神的帶領，有人在意名利，那麼，你呢？你追隨什麼？

我但願，我追隨的是真善美。

真理是道，不容汙衊，終究會有真相大白的一日。「浮雲遮望眼」畢竟只在一時，哪裡可能永遠呢？

善是可貴，無論一言一行都應該符合善的範疇，不逾矩，日久，善成為品行中的本質，讓人敬重。

美，也可以是信仰。喜歡美，不容許汙穢的存在，自然處處都能自我節制，不同流合汙，人品高潔。

走自己喜歡的路，不在別人的稱揚，而在個人的心安理得。

適當就好

恰如其分，才是美。

一個過度重視妝扮的人，心理學家說：「她非得這樣的妝扮，那是因為她的自信不足。」我曾經拿這話去問我那些平日濃妝豔抹的朋友們，她們居然都笑笑的點了點頭。

上帝給了你一張臉，你仍意有不足，努力畫出另外一張別人都不認識的你。因為你心中有個洞，怎麼都填不滿。真的是這樣嗎？

外表，是給別人的第一印象。整潔就可以了。

一個重視精神生活的人，也修飾儀容，卻未必願意花費過多的時間和心力。適當就好，恰如其分，就是美。

看到真正的自己

每每在我們遭受橫逆，心灰意冷的時刻，自己覺得幾乎走不下去，就想要全盤撤守的時候，我們以為已經到了山窮水盡，簡直是世界末日。

真的是這樣嗎？

其實危機就是轉機，只要你不放棄，上天也必然會保守你。

就在這最困難的時候，也才看到了真正的自己。志趣、想望、人生理想，也才一目了然，無所障蔽。

當你看到真正的自己，眼前的浮雲盡去，你更可以向著心中的目標勇敢前行。

這不也是一種「好」嗎？

心安與心寬

你是怎麼看待自己的人生呢？

我在書上讀到這樣一句話：「活得心安，死得心寬。」真是智慧之言。

想起泰戈爾的「讓生時麗似夏花，死時美如秋葉。」詩句當然是美的，我也很喜歡。然而，前一句更是簡潔易懂，共鳴也多。

只是有誰真能「活得心安，死得心寬」？那需要有多大的修為！

但願，我也能無憂無懼過完屬於自己的一生。我以為，一個人能做到無憂無懼，大概距離「活得心安，死得心寬」也就不算遠了。

心安與心寬，多麼值得我們謹記在心。

人生是苦

有誰會認為人生只是一場歡樂派對呢？

也有人說：人生有四苦——看不透、捨不得、輸不起、放不下。

你呢？你覺得如何？

我想，即使是個孩子也會有他的擔心和委屈吧。長大以後，責任和壓力，總是如影隨形。年紀越大，越無法擺脫。除非你抱著「遊戲人間」的態度，笑罵由他，毫不在意。可是，那豈是你心之所願？

所以，我努力扛責任，也想方設法對抗壓力。希望責任扛得起，壓力紓解得了。我走自己的人生路，認真、用心、責無旁貸。當然，會很累。旁人看來，恐怕也太笨了。

只因我心安，也就甘願。

相信你自己

所有的汙衊、中傷、詆毀，之所以會傷害到你，是因為你在意。

當對方出言不遜時，你其實可以掉頭而去，不必理睬。

可是，面對不公不義的對待時，又該怎麼辦呢？當你的委屈無處可以安放時，又該如何是好？你可以考慮另謀他就，你也可以忍辱負重，有朝一日，將對方踩在腳下。

生活裡的挫折和不愉快也一樣無法避免。年少的時候，有一次，我回家跟母親哭訴。

母親說：「你可以反擊；要是不能，就當作出門時踩到狗大便吧。」

有時候，真的是這樣。

相信你自己，只有自己可以決定不再接受對方的無理取鬧，不再讓自己的心靈受到苦難。

你可以想出很多的方法，讓自己好過一些。

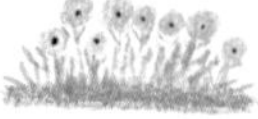

當你想清楚時，當你有足夠的堅強和智慧時，對方已經不能再影響你了。

堅持到最後

如果你能堅持到最後，你必然是站在贏的一方。

即使是面對誘惑，請記得不要屈服。

即使是面臨暴力的脅迫，也不要妥協。

當軟硬都無法得逞時，你氣節的高超才顯現出來。像鶴立雞群，終究脫穎而出，令人矚目。

所以只要方向正確，符合追求的理想，就不應輕言放棄，忍飢耐苦，必然有所成就。

誰能堅持到最後，誰就得到了成功的冠冕。

上天的禮物

有時候，我們並不能明白上天的意思。

為什麼我要經歷這許多的挫折，吃這麼多的苦，身陷黑暗之中，看不到任何的希望？為什麼我老是不順遂，有人落井下石，有人背信忘義，路途總是這般坎坷？為什麼伯樂從來不曾出現過，小人構陷卻一次又一次？……

是的，繞路、受挫、備受打擊，都是為了苦其心志，勞其筋苦；更是為了承擔更艱困的重責大任。

要不然，你以為你的能力哪裡來？當然是從一次次的磨練中學來。

有一天，當你準備好了，機會也跟著來臨。

你扛得起，上天才敢把責任交給你。

當功成名就時，你明白，上天從來都是疼惜你，也藉著各種機緣來訓練你，祂一直都在你的左右，從來不曾棄你於不顧。

祂給了你一份大禮，比你想像的還要多更多。

行在人生幽谷

當你行過人生的幽谷，請不要灰心喪志，因為那樣的困境，並非絕望。

就像夜晚時，有漆黑，也有光亮。

就像春天來時，有許多的花都開了，卻不是每一種花都開。

即使是在我們的人生最為順遂的時刻，偶爾也會有一些小小的不如意。

所以，禍福相倚的道理是存在的。

當你行在人生的幽谷，請不忘初衷，持續前行。努力和堅持，將帶領你走出困境，重新看到美麗的陽光。

當你行在人生的幽谷，請不要絕望，也請懷抱希望持續前進，你的未來依舊大有可為。

只是做過的夢

過去的事，只是做過的夢，不必老是魂牽夢縈，時時想起。尤其，是那些哀傷的、帶來痛苦的夢。

你真的應該讓它完全成為過去，無須再一一記起。

記起這些不快樂，到底有什麼好處呢？不過是跟自己過不去罷了，何曾善待了自己？

所以，讓過去的成為明日黃花，重要的是珍惜眼前的所有，活在當下，以信心眺望將來的美景。

這不是更有意義嗎？

人生路上，縱使遇到很大的挫敗和痛楚，都把它當作只是一場夢吧，終究是要成為過去的，不真實的。

做過的夢，從來不必再記起。

行到水窮處

人間行路，有太多的艱難險阻。

當你行到水窮處，你是不是真能坐看雲起呢？

不會是你想像中的容易，但也並沒有太難。如果，你能隨遇而安，如果你有一顆豁達的心。

但願我們不要過於執著，走不過的路，就請繞個彎吧，還是可以繼續前行的。靈活的應變，可以帶來更多的趣味，不必死心眼，更不必固執不通。

且行且歌，人生也可以做如是觀。

願雲淡風輕，日日都是好日。

韌性

韌性強的人，不容易被打倒，你會是這樣的人嗎？

我希望自己是。可是，我也知道那並不容易。

我們都太平凡了，有時也會軟弱灰心，不思振作。有時也會沮喪懊惱，想要放棄。怎麼辦呢？我因此常去閱讀傳記，一本接著一本。終究明白：沒有任何人的一生，會是一帆風順的。有多少憂傷挫折，又有多少哀痛的淚夾雜在其中？……我常想，如果書中的主人翁能越挫越勇、屢仆屢起，又為什麼我不能呢？

原來，堅強和毅力也可以被激發和培養的。

長久以來，就這樣，我即使處在艱困之中，也一再鼓舞自己：再試一次，你可以的。

在不斷的超越自己以後，我們真的可以成為一個韌性十足的人。

由於韌性的支持，讓我平安走過一個又一個困境。
如此，也給了自己信心：原來我真的可以。

只要誠心悔改

如果有錯，就改。

就像生病一樣，必須看醫求診，不應諱疾忌醫。不然，那只有使事情更加的惡化，最終將導致一敗塗地。

如果有錯，要誠心悔改，前事不忘後事之師。最怕的是遮掩，找很多理由為自己開脫，然而，無補於實際，最後還是會真相大白的。掩耳盜鈴，又有什麼好處呢？畢竟天理昭昭，疏而不漏。到那時，只怕眾叛親離，再也沒有什麼機會了。

在人生的漫漫長途裡，犯錯總是難免，問題在於：你是以什麼樣的態度去面對和處理？一味的想要逃躲，諉過於人，絕非明智之舉。願意痛下針砭，反而給了自己另外的出路。

有錯，就要誠心悔改，縱使在灰燼中也要重尋奮起的力量，且看明朝太陽依舊升起。

生命如歌

有人說：「生命就像一首歌。」

你立刻大聲的抗議：「不可能那麼美啦。」顯然你是不贊同的。

如果生命如歌，誰說一定是歡喜的呢？也有哀傷的淚，也有說不出的苦澀和酸楚。難道不是？

每個遭遇都是人生樂曲中的一個音符，有高有低，有繽紛美麗也有消沉暗淡。不就是這樣，才譜就了扣人心弦的樂章？

一成不變的音符，那樣的歌從來不會好聽，因為沒有曲折變化。

所以，我們當以感恩的心接受生命中的幸運，也以平靜的心接納種種坎坷不幸，那樣的困頓必有來自上天的啟發和深意。

我願意相信：是高低不同的音符，才使生命的樂章顯得分外迷人。

荊棘裡的花朵

花朵，在荊棘中，更顯得燦爛奪目，脫俗出塵。

你會喜歡嗎？那當然。

可是，想要攀摘，卻又何其艱難！

那花朵，一如我們心中的理想，哪裡會是輕易可得的？恐怕比披荊斬棘還更加艱困百倍。走一條崎嶇的山路，人煙稀少，困難重重，有無數次失敗的打擊不斷迎面襲來，風沙也大，執意不肯放棄，是因為那是心中的理想、今生的夢。

為了理想忍飢耐苦，為了理想不畏風雨，在這背後，是熱情作為支柱。日復一日，不肯停歇，終究能跨越種種困難，攀爬到山頂，實踐了人生曾經夢寐的理想。

縱使不能，這一路行來的過程中，有多少奇花異卉的綻放，已經豐富了我們的心靈，那也是一種難得的報償。

你愛自己嗎？

你愛自己嗎？

你說：「愛啊！」可是，你老是把自己放在最後。愛兒女、愛丈夫、愛親人、愛朋友、愛同事、愛鄰居，連陌生人也以禮相待……由於你的力氣有限，時間不多，於是，排在最後的自己，就從來都被忽略了。

這樣，你算是愛自己嗎？

你善待了別人，卻忘了自己，其實也是一種不公平。你怎麼竟然用這樣的方式對待自己呢？

如果，你連自己都不愛，你有能力愛別人嗎？你能要求別人愛你嗎？你在全然的付出時，從來不生怨懟之心嗎？

所以，在你愛別人的同時，也要記得愛自己。這樣，才會是平衡的，有意義的。

愛自己，也要勇敢。不必瞻前顧後，只要是對的事，何須遲疑？

此刻的自己

你曾經仔細想過此刻的自己嗎？

此刻，你站在一個怎樣的位子？你的真才實學到底有多少？什麼才是你今生最大的想望？你對未來有怎樣的理念？你出類拔萃的亮點何在？你夠堅持嗎？勇敢嗎？你善良，也願意與人為善嗎？……

唯有先認識自己，才能超越自己，成就自己。

你喜歡此刻的自己嗎？如果你連自己都不愛，又憑什麼冀望別人要愛你呢？

隨風流轉

風是自由的。它不被局限，從此地到他方。它是有能量的，能勇敢前行，甚至主動出擊。

你呢？你能做到這樣嗎？

你膽小害怕，怕自己的決定是錯的，怕不可知的未來是一個更大的不幸。你遲疑不決，卻讓機會因此流失；你裹足不前，於是也不曾為自己增添才藝，尋求更大的可能、更多的發展。於是，你注定了平凡。

當然，平凡也沒有什麼不好。只是，如果是花朵，不曾做最大的綻放，畢竟是有些可惜了。

如果人生可以重返，請記得要像風一般的流轉，哪裡都去得，見多識廣，一生多采。

因為風的緣故

風來雲聚，風去雲散，總是這樣的。

那麼，我們也像是雲吧？有時聚合，有時離散，在不可知的命運裡。

請珍惜每一次相遇的緣分。因為分手後，也許還有相逢的時候，也許終生都不再相見；那麼，此刻的相聚，不更顯得彌足珍貴嗎？

我以為，懂得珍惜，才更能減少往後的遺憾。

人生裡，如果總是充滿了遺憾，那不是太可惜了嗎？

若是因為風的緣故，如雲朵的我們才能相聚，那麼我誠心感謝那風。

若是因為命運的安排，在這茫茫的人海裡我們才能相會，那麼我由衷感謝命運。

感謝，安定了我的心，讓我享有平靜的心情。

其實仍是富有的

如果你抱怨自己的收入不多，扣除生活所需的支出，難以存錢，買不起房，也買不起車，看來注定了一生窮困。

然而，一生何其漫長，不必太早就下結論。

存不下錢？請先檢查自己財務管理上的漏洞，設法補起來。買東西前，有必要三思，而不是想買就買，逞一時的快意。有些人是強迫儲蓄的，養成儲蓄的習慣，是必要的美德。開源節流，雙管齊下，別說你存不了錢。

其實你是富有的，沒有負債是富有，身體健康是富有，擁有親情友誼是富有，可以自由走動是富有，何況，還有美麗的大自然可以親近，圖書館的藏書可以豐富心靈……

一草一木，流泉淙淙，鳥鳴花唱，我們的世界多的是美，只是你發現了嗎？你欣賞了嗎？

不需要花錢，也能享有這些。
你還能說，你不富有嗎？

不畏浮雲遮望眼

保持清明的智慧，有多麼的重要。

你覺得呢？

可是，有時候，也並不如想像中的那麼容易。

我們都曾經爬過山，只要我們的立足點夠高，視野不被障蔽，當然可以看得更遠，更為透徹。

所以，當我們陷入紛紜的事務之中，感到茫然不知所從時，暫時的抽離，成為一種必要。想法子讓自己能夠站在高點，來龍去脈也就清楚了，何去與何從自然不難判斷。

我們不也讀過「不畏浮雲遮望眼，只緣身在最高層」的詩句嗎？

所以，要努力讓自己站得高，才能看得遠。

在心靈上，我們更要有這樣的高度和胸襟，常常勉勵自己：要卓爾超群，不同於流俗。

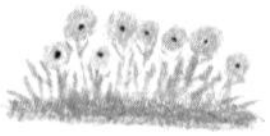

當我們能站在最高處，浮雲哪裡遮得住視線？更別提小人的興風作浪，如何搖撼得了大局？

堅定心志，立在高處，自然保有清明的智慧了。

存摺

你有存摺吧？你的存摺裡只存錢嗎？

存摺裡當然要存錢，這話不是很奇怪嗎？

其實，我們也應該有另外的存摺。把生活中所發生快樂的、幸福的、溫暖的、感動的……一一記起來，放在生命的存摺中。有一天，我們沮喪、灰心、懊惱、甚至活不下去時，我們可以打開生命的存摺。原來，我們也曾被愛、被關懷、被祝福、被疼惜過，也被善意溫柔的對待過。

這弭平了我們此刻內在的不平、憤怒、委屈和傷痛，讓我們可以振作奮起，願意勇敢的面對困頓的人生，也因此得以平安的走過了坎坷。

就立一個這樣的生命存摺吧，有意義也有必要。

貧富之間

你是個富翁嗎？還是個窮人呢？

你說：「我很窮啊，盡一生的努力也買不起一間帝寶。」

帝寶？那可是豪宅，能買得起的，恐怕也不太多吧。

我也買不起帝寶，可是，我也不覺得自己很窮。

有一間小屋，可以遮風擋雨。有一份自己喜歡的工作，可以發揮所長。有一個理想，可供自己奔赴，有自己所愛也愛自己的人，這樣的人生已屬幸福美滿，哪裡還能再求更多？

或許，我欠缺野心，我只想過自己的日子，安恬自在，少有風波，平安就是福。我買不起大房子，可是我也沒有餐風露宿。我不常享用山珍海味，我也不曾挨餓受飢。我開不起名貴房車，可是大眾運輸可以帶我到我所想去的每一個地方。我的需求不多，我的儲蓄還算夠用，一切都很美好。

我不富，卻也不覺得窮，知足，可以常樂。我以為，這樣就已經很好了。

贏與輸

事有輕重緩急，的確是這樣。只是，什麼是你生命中最重要的呢？

有個朋友跟我說：「為了養家活口，我努力的掙錢，也真的賺了不少，累積了上億的資產。可是，卻錯過了陪伴兒女的成長。有錢，但親子關係疏離。」

我沒有說話。這到底是賺還是賠？贏還是輸？

今生所有的努力，不是為了家庭和樂、兒女成材嗎？如果賺了很多錢，回到家卻如同進了冰窖，這樣的辛勞付出，值得嗎？只是成了兒女的「提款機」，沒有任何的親近和尊重，到底是為誰辛苦為誰忙呢？

想清楚，這一生裡，自己最想要的是什麼呢？

不可能樣樣俱全，只要最在意的能到手，也就不虛枉此生了。

如果，贏得了全世界卻輸了自己，在我看來，還是一敗塗地。
能不先想明白嗎？

part 3

寫給一個人的情書

分手是哀傷，

可是感情的事無法一廂情願。

也許彼此還會有相逢之日，

就像一棵樹，明年還有春天。

也許另一個春天，

有新的機緣，是跟別人一起。

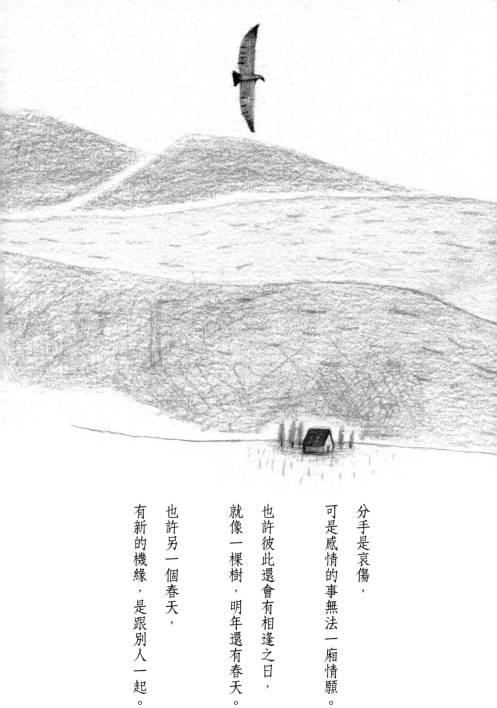

part 3

寫給一個人的情書

情語錄

- 如果是一個杯子，千萬別裝得太滿，以免溢出。
- 你從不孤單，只要與愛同在。
- 最美的風景，未必是山水，而是人情。

其實，錯的是對方。他們利用、鑽營、自私，只是顯示他們內心的不足。他們掠奪而不回報，只因心中有個破洞，不曾填滿。這是他們的問題，並非你的錯處。

你要靠的，還是自己。只要不背叛自己，其餘的，還有什麼值得那麼在意的呢？

放下，恐怕才是你最好的選擇。放下，給對方留了餘地，對自己也是。放下，你才真正放過了自己，也才有另外重新開始的可能。放下，才能雲淡風輕。

如果婚姻的約束是一個籠子，你可以選擇走進，也可以選擇走出。但是，你必須為你的選擇負責。

愛，從來就不應該是綑綁和掌控。

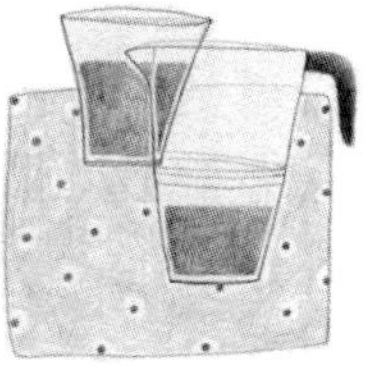

關心的焦點

誰是你關心的焦點呢？恐怕從來就是自己吧。

看團體照，你一定先看自己。自己美嗎？神采好嗎？站得挺嗎？衣服平整嗎？

別人，你也會順便瞄一瞄，眼光停留的時間極短，因為你在意的，只是自己。

說話時，你希望自己說得得體，讓人稱讚，形象加分，至於別人如何，你並沒有那麼關注。

長此以往，你成了一個自私的人。

其實，應該試著把關心的焦點轉移到更多的人事物上，你才會知道對方說什麼？需要提供協助嗎？還是需要鼓勵呢？

當你願意傾聽，設身處地為別人著想，處處關心別人，你才會是溫暖而快樂的。

冷靜的智慧

當我們身陷在一團混亂的糾結中，不知何去與何從時，或許，暫時跳脫開來，也不失為一個可行的辦法。

不能決定行止，也是因為我們無法冷靜下來。

那麼，暫時離開，以客觀的態度來看待自己的困境，或許就能看出端倪來。如何決定走下一步，也就不會那麼困難了。

我們常聽別人說：「當局者迷，旁觀者清。」有時候，也的確是有道理的。

如果是你的朋友遇到同樣的困難，你會怎麼勸他呢？這時候，暫時的跳脫，你看清楚了來龍去脈，權衡之下，你也必然有些很好的建議給自己。

混亂，無法處理事情。冷靜，才有清晰的理路。

原來，冷靜也是一種智慧，多麼珍貴。

打開心窗

只要能打開心窗，我們的世界就變得不一樣了。

如果把自己封閉起來，不和外界溝通，也沒有人際交往，雖說清靜，卻也有如置身荒島，終究是孤寂。

你會喜歡那樣的日子嗎？

如果喜歡，鐘鼎山林各有天性，畢竟不可強求。樂在其中，也是一種好。我是一個喜歡朋友的人，總要有所往來，才會覺得溫暖。

只是長期的禁錮，你真的不需要友誼嗎？

打開你的心窗吧，天寬地闊，陽光和花草，藍天和白雲，我們的世界何其美麗！你看到了嗎？

這樣的朋友

朋友的好，在於可以選擇。

有些人實在跟你不對盤，他不愛你卻嫉妒你，他只跟你說負面的話，打擊你，以免你贏了他。他批評你，盡一切的惡毒，讓你沮喪失望，不思振作。他憤世嫉俗，他偏頗論斷，他內心狹隘，從來見不得別人好……

如果你有這樣的朋友，你還需要敵人嗎？

趁早離開吧。離開，你才會有屬於自己的未來。

我們當然需要朋友，是怎樣的朋友呢？「友直、友諒、友多聞」，那才是真正的益友。

是那些可以造就你，鼓勵你，為你的成就喝采，為你的失敗哀傷，而不是心懷嫉妒，處處想要落井下石的人。

你呢？到底你有怎樣的朋友？

一個杯子

如果是一個杯子，千萬別裝得太滿，以免溢出。

人，也像是一個杯子吧。如果太驕傲太自滿，恐非福氣。因為沒有進步的空間，而且也容易招忌，更應該謹言慎行，時時與人為善。我常以為，謙虛的人有福，更容易得到大家的歡迎，得道多助，快樂也就多了。

我的好朋友跟我說：「在易經的卦象裡，只有謙卦，是唯一沒有缺點的卦。」

想來，謙虛多麼重要。

在一個團體裡，人多，不免口雜，甚至是非混淆，我們更要謙虛為懷，和別人多結善緣，這才是為人處世的良方。

一個杯子，裝八分滿就好了。

這樣，你才是一個受人尊重和歡迎的人。

沮喪的時刻

當你身陷沮喪的時刻，感受不到希望，那該怎麼辦呢？

我也只是個凡人，一樣有哀哀無告的時候。這時，我給朋友們打電話，訴苦嗎？不是。那些都是關懷和問候的電話，問朋友們：「最近好嗎？」他們常會告訴我他們近日的生活，或者他們身旁朋友的遭遇。世界是個萬花筒，有多少讓人拍案驚奇的事，很多都大出我的意料之外。有的困頓，陷入絕境。有的心結難解，未來茫然。……那樣的艱難和棘手，也實在超過我太多了。

我沒有抱怨和訴苦，因為相形之下，我的遭遇算是尋常，有什麼好說的呢？

我居然就這樣，一次又一次走過了心灰意冷。

我還是振作奮起，努力的為自己爭取更多的藍天和陽光。

誰沒有沮喪的時刻呢？無須誇大，更不必繼續陷溺其中，持續的學習和工作，可以扭轉此刻的局面。

「加油！」讓我們跟自己大聲的說。

從不孤單

你從不孤單，只要與愛同在。

只要愛不匱乏，貧窮的日子是可以過的。沒有多餘的錢，也不會有太多的煩惱和奢想。生活清靜，也另有一種好。

因為錢不多，由於錢所引起的紛爭也隨之減少。

我有個朋友手足感情好，一人有難，便群策群力，共度難關。旁人知道了，都很感動和羨慕。他開玩笑的說：「因為我們窮，所以感情好。」

我倒以為，是他們的感情好，彼此支援，窮也就不成為問題了。

有愛的人生圓滿，從不孤單。

丟棄

丟棄一盤餿了的菜，丟棄一袋爛水果，丟棄一個壞朋友，有時候，也是一種必須。

丟掉餿菜爛果，也許，你會毫不遲疑，就丟進垃圾桶裡，因為留著無益；更不能吃下，因為有害健康。

可是，對於朋友，你恐怕無法那麼果斷，總是想到曾經朋友一場；可是必須提醒你的是，如果對方害你，待你不好，就已經不是把你當朋友了。若還心軟留著，只怕終究會是個禍害。與其在將來後悔莫及，倒不如先行了斷、割席絕交的好。我以為，能決斷的處理，也是一種智慧的表現。

該丟的丟，該斷的斷，這是果決，能不拖泥帶水，讓人佩服。

不會是偶然

所有事情的發生都不會是偶然。

即使是不幸的來到，我相信其中必有上天的旨意。

也許你會不以為然。不幸有如苦難，有誰願意歷經苦難，將自己逼到了近乎絕望的地步？其實，逆境教導我們的更多，啟發也更大。於是，有人說：「苦難是化了裝的祝福。」起初全然不清楚它的意義，直到事過境遷，在回顧裡，終於明白它所給予的豐厚回報。不只是在經驗的獲得，更在人性的洞悉，讓我們往後的路程可以更加平順一些。

我們今生所遇的人也是這樣，有的愛護我們，有的陷害我們，有的溫和有禮，有的暴怒莽撞，也有的冷若冰霜……和這些人往來，也是一種學習。讓我們明白芸芸眾生有各式各樣。

這都不會是偶然，讓我們謙卑領會，紅塵就是道場。

也像照鏡子

人和人之間，有時候也像照鏡子。

如果你歡笑，對方也回報你一朵微笑。

如果你嚴肅以待，對方不可能有表情。

如果你老是抱怨，嘟著一張嘴，對方也一片陰霾，憂心忡忡……

原來，你的情緒直接影響了別人而不自覺。

所以，請先讓自己快樂起來，釋出善意，體貼、主動關心別人，願意不辭辛勞為他人服務……肯付出而不計較，這樣的磁場也吸引了相類似的人，你將活得更加歡喜而有意義。

我努力正向思考，也希望因此影響了周遭的人。

真的，也像照鏡子，讓我看到了更多屬於人間的真善美。

最美的風景

你一定旅遊過，在你的心目中，何處有最美的風景呢？

我以為，最美的風景，未必是山水，而是人情。

小時候，我總以為遠方有著更藍的天空、更迷人的湖光山色，更美的夢想。在我長大，經歷過許多事以後，我終究明白，如果人生是一次漫長的旅行，重要的，不在目的而在過程。比風景更動人的，是在人間的友善，願意為陌生人而付出關懷。風景再美，看多了，看久了，再繽紛的景色也無足為奇，只覺得疲累。然而，人與人之間的友善，所帶給我們的溫度，讓人難以忘懷。

人情，才是最美的風景。

由於彼此真誠的付出，不計回報，那樣的善意所帶來的溫暖，才讓我們看到了更好的世界。

對待

從小，父母教導我們，「要心存善念，與人為善。」

我們謹遵教誨，也的確時時以善意對待今生緣遇的每一個人。可是，我們也很快的發現，自己並沒有得到相同的對待。有些人只是利用我們的善良予取予求，甚至中傷、落井下石。那麼，是我們錯了嗎？是父母的教誨不合時宜了嗎？我們哀傷沮喪，除此之外，又該怎麼辦呢？

其實，錯的是對方。他們利用、鑽營、自私，只是顯示他們內心的不足。他們掠奪而不回報，只因心中有個破洞，不曾填滿。

這是他們的問題，並非你的錯處。

他們將因此得到學習、教訓和改正，那是他們的功課，和你無關。

你還是要勇敢的繼續前行，走自己的路，也努力走向美善的大道。

如果有一個人

如果有一個人，在你遇到不幸的時候，願意和你一起流淚，他是你的好朋友。

如果有一個人，願意以你的憂愁為憂愁，在你榮耀時，真心為你歡欣鼓舞，那是知己。

朋友易得，知己則極為難求。我們不也經常聽說：「相識滿天下，知心有幾人」的感嘆嗎？

在我們的周圍多的是朋友，可是誰是好朋友，誰會是知己？恐怕需要仔細觀察，看他如何待人接物，看他如何評斷事情？尤其是在利害關係的時候，他是如何處理的？

當你發現，他自私，人品不端，就該疏遠。如果他真心待人，而且愛護你，務必好好珍惜。

猜疑之心

猜疑之心不宜有。

多少幸福夫妻或親密戀人的分手，常肇因於猜疑。

當猜疑之心一起，雙方的信賴將逐一崩解，最終是分道揚鑣。那有多麼的可惜，真教人扼腕。

猜疑，未必是事實。猜疑越多，只怕離事實越遠，最後眾叛親離，這難道會是你希望的結局嗎？

只是當疑雲四起，繪影繪聲，宛如真的，你到底是相信還是不相信呢？這考驗著每個人的智慧。

有智慧的人平心靜氣，抽絲剝繭，卻不隨意無理取鬧，縱有大事也努力

化為小事，甚至消弭於無形。至於那愚笨的人，大概就拿著雞毛當令箭吧，吵鬧不休，叨念不完，終於離心離德，噩夢成真。

果真，猜疑之心不宜有。

背叛

背叛，是非常傷感情的。

遭逢背叛的那一刻，天地為之變色，有誰是可以信賴的呢？你簡直無法再相信任何人了，甚至連迎面走來的陌生人，你都覺得，他恐怕會是個壞人，將不利於自己。

不過是遭逢到某人的背叛，你甚至懷疑全世界不再有好人，彷彿眼前的每個人都各懷鬼胎，滿肚子陰謀。

可能，是你被嚇壞了。

其實，是你興起了對自己的懷疑。一旦你把自主權輕易交出，於是事事仰賴，你以為那是安全而快樂的，卻不知在這個世界上沒有人能永遠愛你並讓你依靠，那些一生一世、三生三世的盟約，都只是神話。

你要靠的，還是自己。只要不背叛自己，其餘的，還有什麼值得那麼在意的呢？

雲淡風輕

只有放下，才能雲淡風輕。

那份感情其實已經走到了最後，既然對方一心求去，可是你卻不肯放手。哭泣，哀求，甚至自殘，你以為可以留住對方；可是在我們這些旁觀者看來，已到了歹戲拖棚的地步。

你不這麼想。你以為往日的愛戀仍在，只要苦苦相求，還是有希望復合的。

只是就算復合，裂痕已經存在了。你會不在意一份已有破損的感情嗎？

放下，恐怕才是你最好的選擇了。

放下，給對方留了餘地，對自己也是。

放下，你才真正放過了自己，也才有另外重新開始的可能。

放下，才能雲淡風輕。

就像一棵樹

一棵樹，要經過春夏秋冬，周而復始。

感情也有四季。也可能就像一棵樹，在春天時發芽，抽出新綠，卻在秋天的時候，樹上的葉子紛紛墜落，隨風四處飛散。

有一天，你發現，這份感情好像走不下去了。

於是，你們也可能在這個時候漸行漸遠，甚至重新開始了各自的新生活。

分手是哀傷，可是感情的事無法一廂情願。

也許彼此還會有相逢之日，就像一棵樹，明年還有春天。也許另一個春天，有新的機緣，是跟別人一起。

也許一切就在那個秋天終止，不會再有往後了，可是，還是應該懷著感激的心情，因為昔日的點點滴滴，都成就了今日的自己。

離開，心更寬

每次你一想到那個曾經在感情上傷害你、背叛你的人，你就情緒失控，歇斯底里。

背叛是事實，傷害也已經造成。你真的必須放下，當然那並不容易；可是那是學習，是你人生的「功課」。

明知道那是個情緒的漩渦，你不應沉淪，而是要奮力拔開；可是，你總是做不到。你一而再、再而三的嚎啕大哭，甚至自殘。這讓你的家人都太擔心了。

為什麼，你只看到那個傷害你的人，卻看不到周遭有許多關心你、疼惜你的人呢？

你願不願意暫時放下眼前的一切，去做一次小旅行？不同的山水，不同的風土人情，所帶來的思索，也會是一種療癒。

重要的，還在於你自己。

離開，心更寬。如果你能有這樣的自覺，往日的一切，也就真正成為過去了。

自由的天空

愛，從來就不應該是綑綁和掌控。

你卻嘟著嘴，愛嬌的說：「可是我太愛了啊，恨不得時時刻刻相依相隨。」

是的，你說得理直氣壯，從不認為自己有絲毫的錯誤。

可是，你的愛讓對方窒息，甚至恨不得遠遠逃離。

因著你的想要抓緊這份感情，處處過問，時時查勤，已經逐漸演變成為霸道的占有。對方逐漸感到呼吸困難，沒有自己的空間，更沒有短暫的自由。於是，你們開始爭執，你伶牙俐齒，說話強勢，他只得偃兵息鼓，心中卻憤恨不平，終究另有發展。你們的婚姻岌岌可危。

人際關係裡，尊重、禮貌都不可或缺。在婚姻中，難道不也是這樣？

如果每個人的心中都嚮往著自由的天空，為什麼對方就必須因為你的愛而放棄自己的嚮往呢？除非他心甘情願，否則不也是一種霸凌？

你可以適度的放鬆，而不必那樣的焦慮。給對方留有餘地，其實也是讓自己有迴旋的空間，恐怕才是雙贏的策略。

可是，當你執意認為自己不會有錯時，恐怕就很難反求諸己了。

雨過天青

在愛裡，最大的傷害是背離。

背離初衷，背離「不離不棄」的盟約。背離，讓愛不再是愛。

當背離出現，試著挽回，若無法挽回，就必須考慮未來的行止。在想不出更好的方式之前，不妨暫且擱置，讓雙方有冷靜的空間，才不會在慌亂中因一時的激憤而選擇錯誤。

我的朋友由於丈夫的外遇，小三要求名分，不得不被迫分手，非常委屈，沒要一分贍養費，而黯然離去。當時覺得自己有骨氣，多年以後，才知道自己好笨。我另有一個朋友，也因相同的遭遇，而面臨離婚。娘家父親教她「兒女給對方，並要求兩千萬賠償」。那是三十年前的事，兩千萬，完全是天文數字。男方在公家機關工作，出身貧困，即使前程似錦，也終究打消離婚之念。

可是，曾經的背離，還是很大的傷害。唯有愛夠深，包容夠廣，才能盡

棄前嫌，給彼此重新開始的機會吧。

若能雨過天青，該是上天給予最大的祝福了。

走進與走出

如果婚姻的約束是一個籠子，你可以選擇走進，也可以選擇走出。但是，你必須為你的選擇負責。

當你走進，你可能失去某一部分的自由，可是你也會得到相當的回饋。無所謂得失，但必得心甘情願。

當你走出，天寬地闊，沒有羈絆，你是否善用了這份自由？或者竟然是辜負了呢？

當你在籠子裡，請別跟我抱怨你所失去的自由。

當你在籠子外，你有了自由，更不應該抱怨自己的無所歸屬。

不論你身處何處，如果你只會抱怨，而不是活在當下、努力作為，那麼我以為是你選擇了不快樂，你的人生暗淡而悲哀。

走進與走出，在人生中，都有著太多屬於智慧的選擇。

九歌文庫 1241

寫給自己的情書

作者　琹涵
繪者　蘇力卡
責任編輯　張晶惠
創辦人　蔡文甫
發行人　蔡澤玉
出版發行　九歌出版社有限公司
臺北市105八德路3段12巷57弄40號
電話／02-25776564・傳真／02-25789205
郵政劃撥／0112295-1
九歌文學網　www.chiuko.com.tw
印刷　前進彩藝有限公司
法律顧問　龍躍天律師・蕭雄淋律師・董安丹律師
初版　2017年1月
初版二刷　2018年5月

定價　280元

書號　F1241
ISBN　978-986-450-104-5
（缺頁、破損或裝訂錯誤，請寄回本公司更換）

國家圖書館出版品預行編目資料

寫給自己的情書 / 琹涵著. -- 初版. -- 臺北
市 : 九歌, 2017.01
面；　公分. -- (九歌文庫 ; 1241)
ISBN 978-986-450-104-5(平裝)

855　105023111

琹涵作品在九歌｜

品茗·夜話：

敲動心底的六十根弦，靈魂深處迴響著的繞梁餘音

定價 280 元

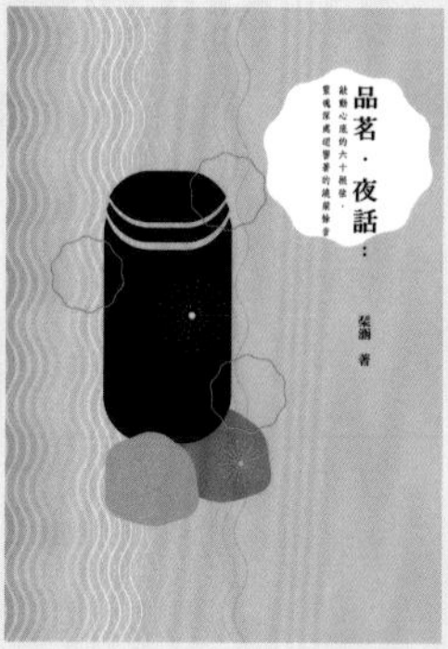

在人生的漫長旅途裡，有沒有一些難以忘懷的記憶？是不是有刻骨銘心的傷痛？美好的回憶就儘管讓它在心靈深處魂牽夢縈，至於傷痛的過去就全部忘記吧！可是有些傷害太深，忘不了，一顆心徬徨失措，遇到這種困頓的時刻，請在夜深品茗的氤氳中，翻讀本書六十則動人心扉的故事，並手抄書中數則《圍爐夜話》語錄，從茶香與書香中獲得啟發。

本書從俯拾即是的家居讀書閒事，談到人與人之間的友情、愛情、親情等，篇篇扣人心弦。琹涵老師說：「《圍爐夜話》蘊含的哲理雋永而深刻，有許多對人生的觀照和啟迪，是我們行經幽谷時很好的陪伴書。至於《品茗·夜話：敲動心底的六十根弦，靈魂深處迴響著的繞梁餘音》則是生活的，優美的，也是療癒的，充滿了正向的能量。」她的文字宛如一彎清溪，涓滴流入心中，傳遞幸福的溫度，療癒我們的心，讓我們發現更美好的自己。

封面設計／piecefive　封面、內文繪圖／蘇力卡

100 則暖心的智慧小語，將我們的脆弱轉變為力量。

每個人的心靈花園，都有拇指姑娘般的小小自我隱藏其中，
期待被發掘、關愛，等著美麗的花開。
就算這世界不如想像中美好，你還是可以相信自己、選擇幸福。

琹涵說當你微笑，也像一朵花的緩緩綻放，全世界都跟著微笑了。她寫快樂，覺得自己彷彿為現實而典當靈魂時，就每天抽出一點時間做喜歡的事，訂定一個夢想，縱使緩步前行，也要走在夢想的路上，努力快樂地活著。

透過深具療癒力量的溫暖語句，琹涵溫柔傾訴道：不管經歷多少傷痛和挫折，太陽都會升起，春天會替代寒冬，這世界給我們愛的能力，讓我們可以做真誠的自己。

書中的這些情書寫給自己，寫給生活，寫給思念，也寫給歲月。
在這些文字之間，有屬於你我的心情，有給予我們的祝福。

ISBN 978-986-450-104-5 (855) $280
9 789864 501045 00280
九歌出版社
書號：F1241

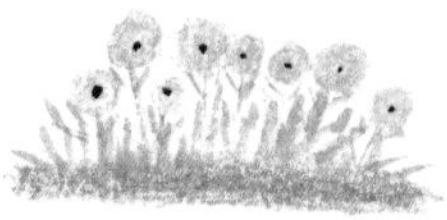